창비

차　례

제 1 부

제 2 부

제 3 부

제 4 부

제 1 부

그 봄의 식수

내가 이등병이었던 그해 봄
사월이라 식목일이라고
덕지덕지 언손으로
후방사단 사령부 앞에 심은 한 그루 상록수

논산 훈련소에서 기합받고 얼어터진 손으로
빨래하고 식기 닦던 손으로 심은 한 그루 상록수
주번사관 김대위님 호루라기 독촉소리 들으며
(아, 지금도 '김대위님'이라고 '님'자가 절로 나오는)
사단사령부 태극기 걸린 콘크리트 막사처럼
한번 심으면 영구히 뿌리박는 한 그루 상록수

──전쟁은 언제까지 계속될 것인가
매일 아침 빗자루 들고 사역병이 되어
티검지 하나 없이 쓸던 사단장실 앞에
나는 그때 내가 심은 그 나무의 당번병이었다.

부목 대고 새끼줄 감고

물을 주며 가꾸던 그 나무는

내가 제대를 할 무렵

콘크리트 영구막사처럼 어느새 튼튼하게 뿌리내려 버렸는데

지금도 허리 끊어진 남북분계선

視界 청소를 하는 병사들의 톱에

아름드리 소나무는 베어져나가는데

그 봄에 내가 심은 한 그루 상록수

내 동생이 언손으로 보초를 서는

그 끊어진 허리에는 좀체

다시 옮겨 심을 수 없던 나무

<基督敎思想 · 1983>

남북어로한계선

배는 아직도 돌아오지 않네
바다는 여전히 파도가 치고
소문은 흉흉하게
날로 퍼지네
높새바람 불던 날 떠나간 배가
꽃이 피고 잎 돋아도 돌아오지 않네
그 사이 생긴 아들
첫돌 지났지만
책상 위에 걸어놓은 그대 사진은
언제나 웃고 있지 말이 없다네
누가 기억하랴
우리들 한숨
노모의 근심 낀 깊은 침묵을
고기떼 물결 따라 오르내리고
갈매기들 해풍 따라 날아들지만
바다 위 그은 금 보이지 않지
배는 아직도 돌아오지 않네

북방어로한계선에서 고기 잡던 배

알전등 밝게 켜진 언덕받이 집

온 식구 얼굴에 주름살 지고

배에 탄 어부들 돌아오지 않네

배에 탄 남편들 돌아오지 않네

<미완 장시 『東海』 일부에서>

헬 리 콥 터

중랑교 밖에 집이 있는 나는
의정부 쪽 하늘로 날아가는 헬리콥터를
아들과 함께 바라보고 있다

옛날 가교사 옆
폭탄에 패인 웅덩이에서
잠자리를 잡으며 바라보던 저 헬리콥터를

전쟁이 지나간 지 삼십년이 지난 날에
이제는 우리 눈에 익숙해버렸지만
오늘은 일요일
세상이 온통 의문투성이인
내 네살 난 어린 아들과
이마에 손 얹고 바라보면서
나는 어떻게 내 지나간 어린 시절을 설명할 수 있을까

일곱살 때였던가

삐라를 뿌리며 읍내 상공을
커다란 프로펠러 빙글빙글 돌리며
버짐난 우리들 머리 위로 날아가던 저 비행기
잠자리채 속에 사로잡았던
장수잠자리보다
더 신기하던 헬리콥터를

우리들 조무라기 환호성을 올리며
떼지어 넘어지며 뒤쫓아 따라갈 때
河床 드러낸 낙동강 너머로
유유히 유유히 사라지더니

오늘은 다시 우리집 마당에
그림자 드리우며 날아가는 헬리콥터여

아직도 평화가 멀기만 하고
아직도 아픔이 아물지 않는 월남땅에

내 자라서 자유의 용사로 파병되었을 적
끝모르는 정글에 매복하던 밤
후진국 늪지 위에 슬픔으로 떠오르던 헬리콥터여

오늘은 맑은 가을 하늘날
서울에서도 하늘은 푸르기만 한데
아들아
내 네살 난 어린 아들아

어느 곳에서나 쉽사리 앉기도 하고
어느 곳에서나 쉽사리 뜨기도 잘한다는
저 키다란 강대국 헬리콥터를
나는 너에게 무엇이라 설명할 수 있을까

<反詩 6집 · 1981>

14

늑대와 개

누가 저
늑대를 보고 개라 이르느냐
누가 저 늑대를 보고
우리집 누렁이라 말을 하더냐
꼬리가 길고
털이 누렇고
두 귀가 쫑긋하고 겉모습이 같다 하여
늑대는 우리집 누렁이가 아니다
한밤중 캄캄한
우리 마을에
붉은 달 피칠하고 뛰어들어 와
누렁이 목줄기를 송곳니로 물어뜯던
저 네 다리 비슷한
늑대를 보고
누가 저 늑대를 개라 이르느냐
누가 저 늑대를 보고
우리집을 지키는 누렁이라 속느냐   <미발표>

15

百 日 紅

인순이와 저는요
친구였어요
난리통에 아버지 돌아가시고
난리통에 어머니 돌아가시고
둘이서 고아원에 같이 살았어요

인순이와 저는요
형제였어요
파주땅 기지촌에 함께 오던 날
먹물로 점을 찍어
형제 맺었지요

월남에서 전속온 흑인병사 따라
인순이가 미국으로 떠나던 아침
기지촌 뒷마당에 꽃이 피었지요

대마초 피우고 함께 울던 날

독한 술 퍼마시고 쓰러지던 날
포주엄마 눈을 피해 뒷마당에 가면
언제나 백일홍이 피어 있었지요

월요일 아침 죠가 가면
둥치 큰 미군이 잠자고 가면
구역질나는 속 가라앉히려
뒷마당 꽃밭으로 찾아갔지요

그 아이 내 동무 나를 못잊어
미국땅 어디선가 울고 있을 때
꽃잎은 빨갛게 피어 있겠지요

우리 뺨 아직 붉어 서러울 때도
꽃잎은 빨갛게 피어 있겠지요

<世界의 文學·1982>

후 렴

여름방학을 맞아 내 아들이 가져온 성적표를 보면

음악과목이 낙제점수다

나는 그러리라 짐작하고 있었다

섭섭하게도 내 아들은 노래를 부르지 못하니까

목소리는 제법 우렁차지만

아들의 노래는 고음에도 걸리고 저음에도 걸린다

제 목소리 하나도 조정하지 못한다

모처럼 노래를 시켜보아도

남이 부르던 노래

귓전에 익숙하고 입에 익은 가락만 흥얼거린다

누구일까, 내 아들의 음성을 망치는 자는?

노래를 못 부르는 조상의 피 탓일까

아니면 흥에 겨워 스스로 흥얼거리는 자신의 탓일까

악보 하나도 제대로 읽지 않고

오선지 한 줄도 제대로 보지 않는

변성기도 아직 먼 내 아들에게

후렴만을 부르게 하는 자는 누구일까   ＜世界의文學·1981＞

유태인 묘지

구식 자물쇠 하나
굳게 잠겨 있다
영원처럼
열리지 않을 철책 안에
발자국에도 놀라는
셰퍼드犬 두 마리
읽을 수 없는 낡은 碑銘 아래
안개는 저리도 무겁게 퍼지는가
아이들이 빠르게
타고 가는 자전거 페달
그 아래에 감기는 北독일 안개
비둘기는 오후에도 날지 않는다
무거운 안개 속
동춘나무
평화라는 이름 아래
숨을 죽인다

<청주전문대학 · 1982>

벚   나   무

하던 일이 어려워져
집을 줄여 작은 집을 구했을 때
내 마음을 끌던 것은 한 그루 나무였다.

십일월달 초겨울
가지에 잎사귀들 다 떨어져버려서
나는 그때
그 나무가 무슨 나무인 줄 몰랐었지만
이사를 가는 집에
둥치가 제법 자란 나무가 한 그루 있다는 것이
내심으로 위안이 되고 있었다.

그러나 봄이 되고 잎이 돋아나니
그 나무가 마침
벚나무인 것을 알게 되었는데
그것이 하필 섬나라 국화라서 그런 것이 아니라
여름에 노란 버러지들 무섭게 번져서가 아니라

좁디좁은 마당 깔고 살아가면서
문득 내 마음 어두워지는 것은

선택도 할 수 없는
매판자본처럼
그래도 의지할 푸르름이라곤
오직 벚나무
싫든 좋든 나무라고 오직 한 그루
벌레 끼는 그것밖에 없다는 것이어라

<文藝中央・1982>

풍인각 지하실

누가 너희더러 꽃이라고 하더냐
풍인각 지하실에 함께 모여
어제 저녁 호텔에서 받은 화대 구겨쥐**는**
우리는 결코 꽃이 아니다
둥둥, 두둥둥 장구소리야
서글픈 민속춤 장구소리야
섬나라 비행기 반도에 내려
밤마다 밤마다 우릴 찾지만
가야금아 신선로야 서러운 어깨**춤아**
옛부터 우리가 꽃이었더냐
한복은 아름다워 차려입고
관광요정 연회장 넓은 한옥집
밤마다 흘리는 뜨거운 눈물
밤마다 웃음 웃는 우리들 육신
누가 우리보고 꽃이라고 하더냐
술에 젖고 환각에 젖어
아현동 산마루에 돌아와 쓰러질 때

엄마는 뜬눈으로 밤을 지새우고

동생도 지쳐서 쓰러졌을 때

누가 우리보고 꽃이라고 하더냐

누가 우리더러 꽃이 되라 하더냐

<미발표>

海 棠 花

저 바다
거센 파도 내 남편 잃고
덕장에서 손 찔리며 고기를 말린다

내 남편 고향은
명사 십릿벌
해당화도 피어나는 영흥땅이라네

6·25 적 월남해 와
눌러앉은 이곳
배고파 막막해 다시 탔던 배
명태잡이 영랑호는 해일을 만나
깊고 깊은 바다 속에 휩쓸려갔네

해당화야, 해당화야
질긴 뿌리야
남편 없는 살림살이 자식은 다섯

바닷바람 견딘

네 뿌리는

내 허리 신경통에 약이 될 건가

배를 타면 고향도 바라보인다고

웃으면서 떠나던

남편의 모습

저 바다

거센 파도 내 남편 잃고

부두에 나가서 그물 깁는데

파도야 파도야

높은 파도야

봄이 되면 속초바다 모랫벌에도

폭풍에 안 꺾이는 해당화 피랴   <미발표>

  * 동해안 주민들은 해당화 뿌리를 약으로 씀.

그다니스크 自由民에게

감옥이나 총칼이
저들의 무기일 때
눈물이나 맨손이 그대들의 믿음이다

천둥과 폭풍우가
저들의 무기일 때
새로 씻길 산과 하늘
흘러가는 물줄기가 그대들의 믿음이다

광장에는 구호가 여기저기 외쳐지고
커다란 성명서가 골목마다 나붙을 때

남몰래 그대들은 手話를 한다
심야에 일기장을 홀로 써넣는다

총소리 천둥은 하늘을 가리우지만
비 그치면 강물은 다시 흘러간다

벽보의 활자는 언제나 크지만

찢어지면 후줄근한 휴지가 된다.

<서강학보·1983>

＊ 그다니스크는 레닌 조선소가 있는 폴란드의 도시로서, 이곳
에서 폴란드 최초의 자유노조운동이 일어났다.

솔   씨

멀리서 앞산을 바라본다

안개에 가려져 산 모습이 흐려 있다

멀리서 뒷산을 바라본다

비에 싸여 봉우리도 흐릿하다

저 산에는 오늘도 나무들이 섰으리라

안개에 가려져

비에 가려져서

소나무는 솔씨를 간직하고 섰으리라

지나간 겨울 산에 갔다가

내가 보았던 나무들의 작은 씨앗

멀리서 오늘처럼 비 오는 날도

비바람에 나무들 작은 씨앗들이

제 몸 묻어 푸른 산을 꿈꾸며 섰으리라

<미발표>

28

오래묵은 짐승

오래묵은 짐승은 사람으로 변한다네
십년도 넘게 밥먹여 주면
주인밥 받아먹고 사람으로 변한다네
이 눈치 저 눈치 다 살피고
그 집안 숟가락이 몇 개인지 다 안다네
그 집안 베개가 몇 개인지 다 안다네
오래묵은 짐승은 사람으로 변한다네
사람이 짐승으로 변하는 것보다도
짐승이 사람으로 변하는 걸 보았소
밤 깊으면 인두겁 뒤집어쓰고
한 우리 개도 닭도 다 잡아먹는다네
당나귀도 망아지도 다 잡아먹는다네
인두겁을 뒤집어쓴 거짓주인 짐승은
주인아가씨 방에도 어험 하고 들어가고
그 집안 재산도 다 노린다네
그 집안 기둥 뽑아 쑥대밭 만들고
그 집안 주인 목숨 다 노린다네   <1981>

제 2 부

無 蓋 車

컥컥 컥컥
내 종고종 매형의 바튼기침 받아먹고
저 무개차의 석탄들은 오늘도 실려가고
바람도 자고 있는
사택 지붕 위에
시커먼 달덩이는 막막하게 떠오른다
매형은 오늘밤 어디 있는가
낙동강 범람하면 황토물 굽이치고
가난한 고향집도 휩쓸려 흘러갔다
오늘밤 누가 절망하고 있는가
여름 되면 쩍쩍 봉답논은 갈라지고
소리 소리 지르던 아버지 누런 얼굴
깊고 깊은 막장 캄캄한 어둠 속에
곡괭이로 찍어봐도 어둠은 끝이 없다
소리쳐라 소리쳐라 기차가 가고 있다
무개차 석탄차들 철교를 지나
울음 같은 탄무데기 터널을 지나

한 식구 태워오던 영암선 느린 기차
오늘밤 어느 누가 절망하고 있는가
갱도 무너지던 그해 여름 수직 사갱
지하 삼천 미터 낙석에 치여
한쪽 다리 절름이는 매형의 일생아
아직도 그의 삶에 지붕이 있는가
찬비 서리 막아줄 지붕조차 있는가

<미발표>

안 동 포

그 봄에도 삼밭은 어우러지고
어매는 하루 종일 삼을 삼았다
남정네 하나 없는 빈 고향집
밤을 새며 어매는 삼베를 짰다
그 봄에도 낙동강은 다시 푸르르고
아배는 전선에서 소식 없었다
아배야 아배야 우리 아배야
얼굴도 보지 못한 우리 아배야
어매가 하루 종일 삼끈을 비벼
달그닥달그닥 삼베 짜던 날
안질이 드신 할매 강둑을 넘어
아지랑이 서린 먼 길 바라보셨다
그 봄에도 산꿩은 서럽게 울고
철모르던 우리 종반 끼들거리며
강둑에서 무질레만 꺾어 먹었다
그 봄에도 삼밭은 어우러지고
전선에서 설운 소식 들리어 왔다

우리 어매 우리 할매 통곡하던 날

어매 짜던 안동포 허리 무질러

아배의 혼백을 산에 묻었다

<서강학보 · 1983>

　＊ 안동포(安東布)는 경북 안동지방의 특산품인 삼베의 일종임.

새 점

정이월에 품은 희망 이뤄지지 않고
오뉴월에 되는 일 하나도 없다
가로수 으스스 떨어지는 십일월
노인은 새를 날려 쌀됫박을 구하고
십자매는 쪽지 물어 좁쌀 한 알 얻는다
믿느니 무엇인가? 새점 치는 남자
사람들 오고 가는 육교 한구석에
새틀 앞에 쭈그려 점을 보는데
비탈진 산언덕 단칸방에는
늦게 얻은 큰자식 군에 나가고
병처(病妻)는 자리에서 기동을 못한다
사람살이 한평생 바램뿐이지
어느새 어깨는 구부려지고
검은 머리 허옇게 백발 섞이면
한 식구 가장 노릇 이리 어려우랴
올해도 다 가는 십일월 오후
새틀 앞에 멈춰선 초로의 사내

요행을 바라며 살려 하랴만
서울은 막막하고 넓기만 한데
우리들 서울에 살아가기 위해
머리카락 쓸어넘겨 점괘 읽는다

<女苑·1983>

끌

너는 목수(木手)였다

열네살 때
돌산 바다 고향 떠나
서울의 집짓는 곳 떠돌며 다니더니

커다란 키에
씨익 웃던 모습

너는 목수였다
그래, 사우디에 나가서도 너는 목수였다
슬라브 지붕을 요령 좋게 건너뛰며
서까래를 다듬고 문골을 짜더니
들리던 소식

휴일날 더위 피해 멱을 감다가
홍해 바다 깊은 물에 익사를 하고

면목동에 남겨놓은 네 아내는
울면서 울면서 도리질을 치고

네가 우리집을 수리해 줄 때
그래, 너는 목수였다
네가 흘리고 간 끌 하나를 바라봐도
지하실 바닥에 녹슬어 있는
모스러진 끌 하나,
대가리 으스러진 끌 하나를 바라봐도

<女性中央 · 1982>

보 도 블 럭

아우야

나는 안다

네가 하루 종일 안마기를 팔기 위해

끝없이 걸어갔던 서울의 거리

어느 곳에 네가 발붙일 수 있으랴

어느 곳에 내가 발붙일 수 있으랴

오늘 저녁 늦게 집에 돌아와

문 앞에 놓여 있는

낡은 네 구두

그 뒤축 닳아진 검정구두 보면

아우야

나는 안다

네가 하루 종일 걸었던 서울길

네 낡은 구두를 가두던

끝없는 보도블럭

국민소득이 1,600弗이 넘어서고

이 나라 실업률이 3% 내외라고 전해지는 날

아우야

네가 외판에 지쳐 잠든 곁에

내 육신 함께 따라 누우며

내일도 모레도 걸어가는 길

네 육신 네 희망 가두려드는

마름모꼴 끝없는 서울의 보도

아우야 나는 안다

네가 팔다가 둔 안마기 곁에 누워

수많은 차들은 스쳐 지나고

빌딩을 돌아 돌아 다녔던 길

아직도 그 길이 우리 길이다

<미발표>

佛 岩 山

봄이 와도
풀포기 하나 돋아나지 않고
여름이 와도 이파리 하나 피어나지 않는다

중랑교 너머도 서울이라고
빈 들판은 히끗히끗 펼쳐지는데
이름만 자비로운 불암산 아래
올겨울 칼바람이 부딪쳐 울고 있다

고향에도 뿌리내릴 땅 한떼기 없어
넓디넓은 서울에
모여들었구나

아내는 교련복 장갑의 실밥을 뜯으며 늦은 밤을 기다리고
자식들은 누더기 같은 골목에 어울려 뛰놀다 잠이 든다

사람들아, 사람들아

상계동 사람들아
산이 자비로운 골짜기 열어주지 않는 곳
언제 봐도 바위산은 절망으로 다가서고

자갈 진 공사판 어깨는 피곤하다
생라면을 뜯다가 아이들이 잠들면
스레트 지붕에도 눈이 내리고
불암산 아래 상계동 언덕에도
하얗게 슬픔은 덮일 것이니

꽁초 찾아 피우는 아비도 오늘밤엔
일자리 찾아
중동으로 나갈 꿈 꾸게 될 것이다

<世界의文學·1982>

* 佛岩山은 서울 도봉구 상계동·중계동 뒤에 있는 암석으로 이
루어진 바위산임.

굴 다 리

이른 아침 그 남자
빈 수레를 끌고 나가고
해가 지면
그 남자
빈 수레를 끌고 들어온다

언제나 비어 있을 그 남자의 허기
수천 개의 발자국이 짓밟아 간다
언제나 비어 있을 그 남자의 가슴
먼지와 바람이 스쳐 지난다

아! 아무도 모르는 그 남자의
서울살이 몇 년의 이력을 보라
가슴 속에 텅빈 실의를 보라

오늘 아침에도 그 남자
빈 수레를 끌고 나가고

오늘 저녁에도 그 남자

빈 수레를 끌고 들어온다

〈文藝中央 · 1982〉

傳 貰 機

아무도 눈여겨보지 마라
김포발 중동행
보잉 707
전세 비행기를
이 겨울에 우리는 떠나간다
이땅의 막걸리빛 겨울하늘 두고
아내여, 아내여
직업도 없는 슬픈 형님이여
벌어도 벌어도 빈손뿐인 손
두 손 흔들며 우리는 떠나간다
봄이 와도 풀잎 하나 돋아나지 않는
상계동 언덕받이 부는 칼바람
그 언덕 전세방에 다섯 식구 두고
자갈 지러 다닌 어깨 미쟁이 박씨
밤이면 들개 울음 들려오는 곳
뜨거운 사막으로 돈벌러 떠나간다
아무도 우리를 눈여겨보지 마라

손가방 한구석에 숨겨 떠나는
고춧가루 한 뭉텅이 뜨거운 눈물
상처와 꾸둥살만 남아 있는 손
제발 우리를 눈여겨보지 마라
보잉 707 전세 비행기

<女性東亞·1982>

노 고 지 리

봄이 와도
봄이 와도
고단한 봄날
우리 어매 홀로 조밭을 맨다

이제 고향에 누가 남으랴
혼처마저 나지 않는 텅빈 고향을
이제 누가 지키려드랴

어매요 어매요 우리 어매요
아지랑이 타오르는 낙동강변
팍팍한 허리로 조밭을 맬 때

자식은 자라서 서울로 가고
기심은 자라서 쑥밭이 되고

어매요 어매요 우리 어매요

노고지리 울어 나는 고향 들판

아들은 어제도 소식이 없다
아들은 오늘도 소식이 없다

<실험시 · 1983>

소 액 환

지난 명절날
고향에 내려갈 수 없었어요
정읍 삼촌이랑
부안 매형이랑 다녀가셨는지요?
오늘밤 야근 끝내고
몇 자 적습니다
태풍이 불어
나락이 모두 결딴났다는데
아버지 아버지
키만 크신 아버지
우리집 서 마지기 논농사는 어떤지요?
제가 사는 영등포는 하늘이 어둡지만
흉년든 고향에도
하늘은 가을 되어 파랗겠지요
어머니 어머니
호미처럼 허리도
굽어지신 어머니

지난 여름 모를 못 내 애태우시던

우리집 봉답논

여름 감질비

제가 부치는 적은 이 돈이

어디에 소용이 닿겠읍니까

아버지, 어머니 눈에 선합니다

데려갈 곳 없는

누이동생 혼사

우리집에 벅찬 영태 학비

내 고향 썰렁한 들판에 서서

失農하고 한숨지을 우리 아버지

그러나 제가 돌아갈 곳은

구부러진 소나무 잔등에 섰는

모질게도 가난한 고향입니다

야근 끝에 코피나서 그리운 곳은

언 땅 녹아 버들가지 피어오르는

산비탈 자갈밭

고향입니다

<世界의文學·1982>

江陵을 지나며

햇살이 따스한 초겨울 오후
江陵 쪽 국도를 지나가면서
차창 밖에 다문다문 머리를 맞댄
초가집 추녀 아래
싸리가지에 꿰어져 말려지는 곶시를 바라본다

인심이 후하고
여인들의 자태가 아름다운 곳
또한 삼동에는 눈이 쌓여서
때때로 大關嶺도 막힌다는 곳에

물기도 햇살도 탐하지 않고
껍데기마저 모두 벗어버리고
초겨울 뜨락에 깎여져 말려지는
저 올망졸망한 곶시들을 바라보면

바람 불고 메마르고

52

겨울의 추위마저 다 견디고
비로소 간직하는 깊은 단맛을
너로부터 홀로 새겨보노니

겨레들이여,
나라의 풍설을 홀로 견디며
묵묵히 살아가는 얼굴빛이여

첫서리 이미 벌써 내리고
대관령에 살얼음도 깔려드는 닐
내 홀로 눈물겹게 새겨보노니

<反詩・1982>

청계천 평화시장

화학섬유 제품에서 뿜어내는
독한 기운이 눈을 쓰라리게 하는
청계천 평화시장

일이층 삼층 끝없이 이어진 옷가게들
빼곡이 들어찬 신사복 숙녀복 어린이옷들
대낮에도 백촉 전구 환하게 켜놓은
그 먼지 비좁은 미로를
내가 찾아가서 옷가지를 사입는다

어서 오십시오, 구경하세요, 싼 것 있읍니다
때때로 내 팔을 잡아끌기도 하고
때때로 생글생글 웃음 머금고 나를 붙잡으려는
아직도 나이 어린 젊은 여자점원들,
나를 정신없이 만드는 남자점원들

이른 새벽 집을 나와

무덥고 땀띠 돋는 삼복 여름에
더운 바람 뿜어대는 선풍기 하나 놓고
하루 종일 고객들과 활기 있게 흥정하는
이 나라 서민들, 영세한 장사꾼들

값을 깎고
물건을 고르고
서로 언성을 높이고
화해와 승낙의 너털웃음을 웃으며
계산을 치르는 청계천 평화시장

이곳에는 지금도
어느 한구석 칸막이 친 밀실
실밥 떠도는 탁한 공기 속에
폐를 망가뜨리는 직공들 미싱을 돌리지만
지상층 지하층 그득히 쌓여 있는
저 갖가지 옷가지들의 활기찬 거래는

오늘도 어제에 이어 그치지 않는다

서울이여,
내 함께 숨쉬고 어울려 살아가는 서울이여
용달차들 바쁘게 짐을 부리고
지겟군들 땀을 훔치며 피륙과 제품을 지고 뛰어가는 서울
이여
저들이 하루 종일 웃음을 잃지 않고
저들이 하루 종일 활기차게
싸구려 싸구려 물건 파는 고함소리 그치지 않는 서울이여

이 세상 어느 누가
비록 오늘 어둡게 하늘에 장막을 친다 한들
이렇게 우리들 하루 하루 살아가는 생기를 앗아갈 수 있을
건가
이렇게 우리들 하루 하루 살아가는 생기를 앗아갈 수 있을
건가   <민족과 문학·1983>

우리 나라 꽃들에겐

우리 나라 꽃들에겐
설운 이름 너무 많다
이를테면 코딱지꽃 앉은뱅이 좁쌀밥꽃
건드리면 끊어질 듯
바람불면 쓰러질 듯
아, 그러나 그것들 일제히 피어나면
우리는 그날을
새봄이라 믿는다

우리 나라 나무들엔
아픈 이름 너무 많다
이를테면 쥐똥나무 똘배나무 지렁쿠나무
모진 산비탈
바위틈에 뿌리내려
아, 그러나 그것들 새싹 돋아 잎 피우면
얼어붙은 강물 풀려
서러운 봄이 온다
　　　　　　　　　　　　　　　　　　<샘터·1983>

57

제 3 부

꽃꽂이 시간

그래
꽃꽂이 사범님이 말씀하셨다
줄기를 자르고
이파리를 솎으라고 말씀하셨다
그래, 그래
밑동을 가위로 잘라버리고
불지짐을 해두라고 말씀하셨다
꽃이 드문 날
겨울 마루에서
오래 오래 화병에 꽂혀 있기 위해
그래, 그래
네 말이 맞다
피지 않을 꽃망울은 솎아버리고
어찌 오래도록 살아남기 위해
밑동에 불지짐을 당하는 게 너뿐이랴
줄기째 잘리는 게 너뿐이랴
그래, 그래 꽃꽂이 시간이다

꽃이 귀한
겨울 안방이다

<미발표>

뫼 사 리

너는 산에 산다고 **하더라**
산도 깊은 산
첩첩산중
몸은 털북숭이
아랫도리 가리고

소백산도 태백산도 깊은 골짜기
산봉우리 구름처럼 건너다니고
키는 장대처럼
눈동자는 노을처럼
숨어서 슬프게 산에 산다 하더라

소백산 골짜기 **숯** 굽는 노인
약초 캐어 살아가는 십메마니들이
나에게 어느 날 전해주더라

시절이 시끄러운 지난해 오월

일년에 한두 차례 소금 사려고

丹陽 장에 내려와서

말해주더라

그러나 화전민도 네 사는 곳 모르고

그러나 십메마니 네 사는 곳 모르고

뫼사리, 너 먼 人家 불빛 그리워

두고 온 개 닭 소리 몰래 그리워

숯 굽는 숯막까지 다녀간다더라

뒷모습 구름처럼 돌아간다더라

<反詩 · 1982>

  ✱ 뫼사리는 깊은 산에 산다는 전설적인 半人半獸의 상상적 생
물체로서 사회로부터 소외를 당했거나 도피할 수밖에 없었던 인간
의 변형체로, 화전민들이나 십메마니들 사이에 상당히 친근한 감
정으로 여겨지고 있는 존재임.

하급반 교과서

아이들이 큰소리로 책을 읽는다
나는 물끄러미 그 소리를 듣고 있다
한 아이가 소리내어 책을 읽으면
딴 아이도 따라서 책을 읽는다
청아한 목소리로 꾸밈없는 목소리로
"아니다 아니다!" 하고 읽으니
"아니다 아니다!" 따라서 읽는다
"그렇다 그렇다!" 하고 읽으니
"그렇다 그렇다!" 따라서 읽는다
외우기도 좋아라 하급반 교과서
활자도 커다랗고 읽기에도 좋아라
목소리 하나도 흐트러지지 않고
한 아이가 읽는 대로 따라 읽는다

이 봄날 쓸쓸한 우리들의 책읽기여
우리나라 아이들의 목청들이여

<世界의文學・1981>

주먹원숭이

이 세상 여러 곳을 돌아다녀 본 한 중년 신사가 나에게 들려준 이야기에는 참 신기로운 것이 많았지만 그 중에서도 나무에 거꾸로 매달려 살아간다는 원숭이 이야기가 재미있었다.

지금도 이 세상 어느 숲에 가면 주먹 크기만한 작은 원숭이들이 흉포한 맹수들의 이빨에 잡아먹히지 않으려고 나뭇가지에 흡사 과일처럼 매달려 산다고 한다.

강한 자가 약한 자를 잡아먹는 무섭기만 한 땅에서 힘없는 작은 원숭이가 취할 수 있는 방법이란 고작 피가 거꾸로 흐르는 고통을 참을 수밖에 없다는 것일까?

그러나 바람이 불면 바람에 흔들리면서 표범이나 삵괭이 눈치를 피하며 사는 그것들은 때때로 자기의 목숨이 경각에 달렸을 때 소낙비처럼 산사태처럼 최후의 수단으로 나무에서 쏟아져내려 그 무서운 삵괭이와 표범을 깔아덮쳐 죽이기도 한다는 것이다.

<反詩·1982>

기 정 사 실

기정사실이라는 말이
오늘 아침 조간에 실려 있다
기정사실이라는 말이
오늘 저녁 방송에서 흘러나온다
끔찍하고 끔찍한
지난 일들이
분홍색 당의정에 싸여 숨는다
光州에 사는 내 친구 시인
김장독을 파묻다가 삽날에 나온 것은
찢어진 비닐봉지 조각이라나
묻혀서도 썩지 않는 비닐봉지라나 !
기정사실이라는 말이
시장에서 팔린다
기정사실이라는 말이
의료기구상회에서 팔린다
사람들이 그걸 짚고 쩔뚝쩔뚝 걸어간다
지나간 일을 잊지 않는 나를 보고

아들과 딸들이 웃으면서 말한다
"웃으세요, 웃으세요!"
웃을 수 없는 나를 보고 말한다
기정사실이라는 반창고가
약국에서 팔린다
기정사실이라는 가로등이
길거리를 비춘다
매일같이 골목길을 비추려 든다

<反詩·1982>

흰 죽

무엇을 잃었는지 나는 모른다

이 멀건 흰죽을 앞에 놓고

누가 분명히 떠먹기는 해도

숟가락 흔적 하나 남아 있지 않을 때

울어라 울어라 소리 질러라

소리쳐라 소리쳐라 울기라도 해라

누가 분명히 떠먹기는 해도

죽그릇이 주는 것도 못 느끼는 흰죽아

너는 무엇을 도둑맞았느냐

너는 무엇을 빼앗겼느냐

파리가 달겨드는 저녁 밥상에

허옇고도 멀건 우리 얼굴아

<실험시 · 1983>

私　信

문이란 문에서 자물쇠를 부숴라——W. 휘트먼

"대문이 허술한 집"

문패가 바뀌었다

우리 함께 사촌과 살며

그러나 도둑은 맞지 않던 집

오늘 저녁 돌아와 그 집 앞에 서니

누가 밤새 한 짓일까?

집안이야 예처럼 그대로지만

대문만 번듯하게 고쳐놓았고

번쩍이는 이름자 새로 단 문패

아무리 두들겨도 열리지 않아

대문에 자물쇠만 굳게 잠겼다

이제는 아무 소식 전할 수 없구나

네가 살던 이 집 대문

묵묵히 달려 있는 편지통 속에

다정한 네 소식조차 기다릴 수 없구나　　　　〈미발표〉

＊"대문이 허술한 집"은 이민간 내 여동생이 쓴 단편 제목임.

後日譚 1

任士洪에게

온 백성 칼 두려워
함구하던 날
그대 구차한 한때 영광이
백성들 고통보다 값이 있었으랴

燕山朝 때 상신이던
그대
임사홍

한 나라 사직이 멸망으로 기울고
백성들 못살아 울부짖던 날

패려무도했던
폭군 연산은
荒淫을 일삼으며 폭정을 하고

그대 백성들 입만 막으려고

억지로 차게 했던 '愼言牌' 글귀

그대여, 훗날 사람
입이 없어서
오늘날 가볍게 말을 하랴만

참으로 그대 선비가 되어
폭군을 부추기며 칭송을 하랴

<민족과 문학·1983>

 ✱ 愼言牌는 이조 10대 임금이던 연산군 말년 병조판서 임사홍
이 백성들의 입을 막으려고 만든 함구령의 나무패였다. 이것을 모
든 신하와 내시, 백성 들이 늘 목에 걸고 다녀야 하는데 거기 씌어
져 있는 내용은 구시화지문(口是禍之門), 설시참신도(舌是斬身刀)
폐구심장설(閉口深藏舌), 안신처처뢰(安身處處牢)로서, 뜻을 풀이
하면 "입은 화근의 문이요, 혀는 몸을 자르는 칼인즉 입을 다물고
혀를 깊이 감추어라, 곳곳에 감옥이 기다리느니라"라는 내용이었다.

枕　　木

호루라기 소리 들려온다
옛날에는 육모방망이

俯伏하라
꿇어 엎드려라
너희들 허리 밟고 가겠다

저벅 저벅
저벅 저벅
가죽장화 큰칼 차고

남대문에서도 광화문에서도
길 틔워라! 넓게 넓게
곧고도 길게

멸망으로 가는 길은 이 길이 아니냐
넓고도 큰길이 아니냐……

부복하라 눈을 감고 꿇어 엎드려라

최후의 마지막

놋다리 되어

<世界의文學·1978>

＊ 놋다리는 경북 안동지방의 민속놀이임.

팽 이 치 기

팽이를 쳐본 사람은 알 것이다
팽이가 돌아갈 때는 어째서
인간의 울음소리가 들려오는지
팽이를 쳐본 사람은 알 것이다
팽이는 어째서
때려야 때려야 돌아가는지
때려야 돌아가는 팽이는
어째서 인간의 소리를 내고 있는지
해방이 될 무렵 이땅에 태어나서
4·19도 5·16도 다 거치고
어린 시절 얼어붙은 강가에 나가
팽이를 쳐본 사람은 알 것이다
팽이가 돌아갈 때는 어째서
하나의 조그만 나무토막이
불타는 하나의 노여움이 되는지
불타는 하나의 울음소리가 되는지

<文藝中央·1982>

두꺼비야 두꺼비야

두꺼비야 두꺼비야

내가 만약 이 물레 다 돌리지 못한다면

연지 찍은 계모가 장보고 올 때까지

열두필 명주베 다 짜놓지 못한다면

두꺼비야 두꺼비야

내가 만약 오늘밤

밑빠진 이 항아리

물 길어 하나 가득 채워놓지 못한다면

동백기름 바른 계모 친정에서 올 때까지

사람의 일이야 사람이 해야거늘

다하지 못하는 일 한숨지으며

두꺼비야 두꺼비야

마당에 널린 나락 밤새도록 디딜방아 찧고 찧어서

알곡으로 고방 안에 찧어놓지 못한다면

두꺼비야 두꺼비야 말 못하는 두꺼비야

비 내리는 꽃밭에서 숨어 있는 두꺼비야

<1981>

남녘 사람들은 알고 있다네

남녘 사람들은 알고 있다네

남녘 사람들은 알고 있다네

대나무숲에 꽃이 피면
대나무숲이 말라서 죽어버린다네

뿌옇게 뿌옇게 대꽃(竹花)이 피면
피흘리던 형제들 돌아오지 않고
꽃피던 오월도 서러워한다네

남녘 사람들은 알고 있다네

남녘 사람들은 알고 있다네

고샅길에 개 짖으면 도둑이 들고
서녘 하늘 붉은 해 가마귀도 울지

봄 되어 온갖 꽃이
다투어 필 때
대나무숲의 허연 꽃은 싫어한다네
울면서 대 밑둥을 짤라낸다네

바람 바람 불던 바람 돌개바람 끝
가슴에 맺힌 설움
누가 알까만
지는 해 어두움에 슬픔을 묻고

새로 돋을 죽순을 기다린다네
새로 돋을 죽순을 믿고 산다네

<反詩・1982>

새   달력

해가 바뀌는 십이월달 세모에
친구가 가져다 준 달력 한 장
정월달부터 섣달까지
일년은 열두 달
칸칸이 쳐진 네모칸에는
365일의 숫자가 새겨져 있는데
새해에는 좀더 슬프지 않고 기쁜 해가 될 것인가

해가 바뀌는 십이월달 세모에
친구가 가져다 준 달력 한 장
봄에는 잎 피는 산천이 그려져 있고
가을에는 열매가 풍성한 들판이 어우러진
아직 우리가 살아보지 못한 내년의 하루하루
저 아름다운 그림의 배경처럼
다가올 한 해가
새로울 수 있을까

지나간 한 해

봄날에 천지가 아득히 얼어붙고

거두어야 할 가을에 목놓아 울었던

소름끼치던 기억들

생령들 무참히 죽어나갔던 피냄새 다시 없을까

해가 바뀌는 십이월달 세모에

친구가 가져다 준 달력 한 장

정월달에서 섣달까지

일년은 변함없이 열두 달인데……

<文藝中央·1982>

목 도 장

기쁨보다
슬픔을 찍으려고

받기보다
주기 위해서

아무렇게나 찍어버리는
목도장

한 달 내내
낡은 서랍 한구석에
딩굴어 다니다가
어느 두툼한 서류철에 증거로 남기 위해
가슴에 시뻘건 인주자국
묻히는
목도장

하마 오래 전에
새겨둔 이름자는 모스러지고
손때도 이제는
까맣게 묻었는데

아직도 가장이란 이름에 비해
너무나 초라하고
아직도 권리라는 이름에 비해
너무나 허전하다

어느 땐가
중랑천도 얼어붙은
겨울날 오후
언 손 비비며 취로사업장에 나가
모닥불에 두 손 녹이며
찍어 주던
목도장

황사바람 불고
선거철이 다가오면
우리 삼촌들 오촌들
줄지어 묵묵히
흰 두루막 차려 입고
태극기도 걸려 있는 공회당에 나가지만

참으로 슬픔 대신
기쁨을 찍고
이땅의 주인이 되는 날은
언제인가

참으로 슬픔 대신
기쁨을 찍고
이땅의 주인이 되는 날은
언제인가

<反詩·1982>

제 4 부

방 아 깨 비

방아깨비는 모든 메뚜기 중에서 가장 아름다운 자태를 타고 났읍니다.

시원스럽게 죽 뻗은 허리의 모습과 펴면 보드라우면서도 힘이 있는 날개가 매우 아름답지요.

그 중에도 길쭉한 뒷다리의 자태는 떼떼메뚜기나 벼메뚜기 따위에 비할 바가 아닙니다.

그런데 이런 우아한 모습과는 반대로 방아깨비는 매우 겁쟁이입니다.

사람의 손이 뒷다리에 닿기라도 하면 무턱대고 덜컹덜컹 방아를 찧읍니다.

두 눈은 불안스레 껌벅거리고 더듬이도 겁이 나서 웅크립니다.

펴면 파란 들판이 더욱 빛을 낼 날개는 아주 접어버립니다.

어느 날 송장메뚜기가 방아깨비를 찾아왔읍니다.

"방아깨비야, 무턱대고 덜컹덜컹 방아를 찧지 마! 네 길

쭉하고 자랑스런 두 다리에 비해 덜컹덜컹 방아를 찧는 모습
이 너무 서글퍼. 사람의 손이 뒷다리에 닿아도 덜컹덜컹 굽
신굽신 방아를 찧지 마!"

하고 타일렀읍니다.

그리고 며칠이 지났읍니다.

방아깨비한테 굉장히 의미 깊은 날이 다가온 것입니다.

방학을 맞아 떡을 감으러 냇가로 나온 한 아이에게 그만
방아깨비가 뒷다리를 잡혀버린 것이었읍니다.

방아깨비는 아이의 손이 뒷다리에 닿자마자 덜컹 겁부터 났
읍니다.

그러나 두 눈을 똑바로 뜨고 더듬이를 곤추세웠읍니다.

며칠 전 송장메뚜기가 한 말이 생각났던 것입니다.

뒷다리를 쭉 뻗고 파란 들판을 똑바로 쳐다보았읍니다.

용기가 생기는 것 같았읍니다.

아이는 움직이지 않는 방아깨비를 방아를 찧게 하려고 억
지로 흔들었읍니다.

그때였읍니다.

방아깨비는 아이의 손 반동을 이용해 아이의 손에서 힘껏
날았읍니다.

멀리 멀리 날아서 풀밭에 앉은 방아깨비 곁으로 때때메뚜
기와 벼메뚜기가 모였읍니다.

송장메뚜기도 날아왔읍니다.

그러나 방아깨비는 뒷다리 하나를 소년의 손바닥에 희생물
로 남겨놓고 온 것을 몰랐읍니다.

다른 메뚜기들이 모두 슬퍼해주었읍니다.

그러나 다리 한짝을 소년의 손바닥에 남겨놓고 온 후로는
덜컹덜컹 방아를 찧는 비굴함으로부터는 해방이 되었읍니다.

다시는 덜컹덜컹 굽신거리는 버릇이 없어졌으니까요.

그것이 아니라 굽신굽신할 다리마저 온전하지 않았으니까
요.

<21人 新作詩集, 꺼지지 않는 횃불로·1982>

사막의 노래

뼈가 뼈를 기다린다
살점이 살점을 기다린다
눈물이 눈물을 기다린다

단단한 뼈 하나 홀로 떨어져
썩다 남은 살점 하나 홀로 떨어져
모래에 스며버린 눈물 한방울 홀로 떨어져

거두어다오 나의 허연 뼈
흰 보자기로 덮어다오 썩어가는 살
푸른 손수건으로 닦아다오 뜨거운 눈물

헛된 것이 아니다
헛된 것이 아니다
증거도 없는 뼈가 뼈 한토막을
눈 가리고 끌려온 살 한점이 살 한점을
한밤중에 끌려온 눈물이 눈물 한방울을

부르고 있는 것은 헛된 것이 아니다.
뼈야 살점아 증거도 없이 스밀 우리들의 눈물아
가거라 뜨거운 불볕 사막으로

뼈가 회오리바람에 쓰러지는 곳
살이 불볕에 익어 타는 곳
푸른 풀 푸른 숲이 질식하는 곳
사막으로 가거라 불볕 사막 속

가서 한데 어우러져
뼈는 뼈 부여잡고 살은 살 부여잡고
눈물은 눈물 부여잡아 일으켜세워

산이 되고
강이 되고
들판이 되어

먼저 가서 기다리던 뼈 한토막
살 한점 눈물방울 헛되지 않게
가거라 사막으로 가거라

<新東亞 · 1979>

그대의 눈은
☆표를 보고 있는가

어제 저녁 나는 우리집 아이들이 보고 있는 잡지를 뒤적이다가 이상한 그림을 보게 되었다.

그것은 무당벌레와 두꺼비에 관한 그림이었는데, 아무리 시가 언어의 예술이라고 하지만 내 둔한 필체로는 그대로 옮겨놓을 수 없어 그림을 그려보면 다음과 같다.

그런데 나는 왠지 위의 그림에서 무당벌레가 두꺼비에게 잡아먹힐 것 같았다.

그래서 아이들을 불러 물어보았더니 아이들은 절대로 무당벌레가 잡아먹힐 리가 없다고 말했다.

"무당벌레가 잡아먹히다니요! 무당벌레는 무당벌레대로
잘 기어가고 있잖아요. 그리고 두꺼비와도 떨어져 있잖아요.
그것은 세상을 너무 어둡게 보는 아버지의 시선 탓이에요."

"글쎄, 내 어두운 시선 탓이라고?"

나는 두꺼비 혓바닥 앞에 ☆표를 하나 그려놓고 그 ☆표를
가만히 바라보면서 내 눈을 가까이 가져다 본즉, 분명히 무
당벌레는 두꺼비 입 속으로 들어가고 있었다.

불쌍한 보호색깔을 하고 있는 무당벌레가 엉큼한 끈끈이
혓바닥을 숨기고 있는 두꺼비 입 속으로.

그대여, 그대의 눈은 어디를 보고 있는가?

그대여, 그대의 시선은 어디에 머물고 있는가?

<21人 新作詩集, 꺼지지않는 횃불로 · 1982>

실 내 축 구

실내축구장이라는 곳을 가본 적이 있읍니까?

이 나라 구석구석에는 도대체 이상한 유기장들이 생겨나곤 하죠.

책상 크기만한 실내축구장도 그런 곳 중의 하나랍니다.

틀림없이 진짜 축구를 본뜬 놀이지만 어느 영리하다고 자부를 하는 친구가 만들어낸 놀이지요.

그런데 그 놀이를 어떻게 하는 것이냐고요?

우선 사각형의 테이블에 공이 튀어나가지 못하게 사면을 막아놓읍니다.

그리고 그 위에 쇠막대기 몇 개를 걸쳐놓지요.

그 쇠막대기에는 플라스틱으로 만든 축구선수들이 꿰어져 있읍니다.

꿰어져 있느냐고요?

그렇습니다. 꿰어져 있다고 말했읍니다.

제대로 움직이지 못하는 사람들이죠.

사람들은 테이블 한가운데 공을 놓고 선수들이 연결된 쇠막대기를 조종하며 공을 차게 합니다.

플라스틱으로 만든 축구선수들은 조종하는 사람들의 손에 의해 곤두박질을 하고 공과 박치기를 하게 됩니다.

선수들이 플라스틱으로 된 것이라 땀도 흘리지 않지요.

피도 안 흘립니다.

(피 흘려도 피 흘리는 것이 보이지 않는 것은 놀이를 하는 사람들에게 얼마나 다행스럽게 생각될까요!)

언제든지 이 놀이를 하고 싶으면 플라스틱 선수들이 딩굴고 박고 걷어차고 합니다.

놀이를 하는 사람들은 미소를 짓지요.

드디어 공이 골문으로 들어갑니다.

환호성은 터지고, 플라스틱 선수들이 곤두박질을 쳐줍니다.

<21人 新作詩集, 꺼지지 않는 횃불로·1982>

칡덩굴과 소나무

어느 날 칡덩굴이 소나무에게 말을 하길

"이봐, 사철 잎사귀 하나 푸르다고 생색내기 좋아하는 친구야, 들어보게! 자네는 지금 꼼짝달싹도 할 수 없는 신세라는 것을 모르는가? 그렇게 태평스럽게. 내가 자네를 꽁꽁 묶어버렸다는 걸 알고나 있는지 모르겠어"

하고 오만스럽게 지껄였읍니다.

그러자 한창 산등성이에서 불어오는 산바람과 이야기를 하느라고 가지를 설렁설렁 흔들고 있던 소나무, 칡덩굴의 말을 지나쳐 듣고는

"뭐라고? 다시 한번 말해보게! 자네가 나를 꽁꽁 묶어버렸다고? 천만의 말씀. 누가 누구를 묶어놓았는지 자네 몸 한번 움직여보게. 나는 말이지, 손도 까딱하지 않고 가만히 서서 자네를 온통 묶어버린 거야. 이 세상에서 모든 것을 묶으면 다 된다고 생각하는 칡덩굴아!"

하고 말했읍니다.

<21人 新作詩集, 꺼지지 않는 횃불로 · 1982>

滿　月

내 죄지은 사랑에 대하여

그대 만나고 돌아오는 길

둥근 달이 내 뒤를 따라왔어요

죄짓고 고개 숙여 걷는 내 곁을

손잡고 함께 걷자 따라왔어요

<미발표>

銀

빛나지도 않고
어둡지도 않게

강하지도 않지만
무르지는 더욱 않게

화려하지 않고
또 외롭지도 않은

흔한 것 틈에서 흔하지 않고
귀한 것 틈에서 드러나지 않는

아, 그리고 뜨거워서
달지 아니하고
차거워서
얼지 아니하는

어머니, 어머니
이제는 매듭 굵은 당신 무명지에
내 이제 눈이 가는
그 외반지

은은하디 은은한
積年의 빛깔

<金性百科·1983>

늦가을 밤나무

대구에서 울산을 거쳐
부산의 서점으로 찾아가는 길
이제 남은 것은 없다
다 정리해버린다는 것은
그러나 얼마나 가벼운 일인가
내 능력이 모자랐던 것이지
살아간다는 것을 우습게 알 나이는 아니었는데
끝끝내 슬픔은 슬픔으로 남는다
포장된 지방도를 달리는 버스는
먼지도 없이 달려가는데
광주에서 전주로
전주에서 대전으로
출판사를 정리하러 찾아가는 길
길 옆 야산 밤나무들은
일년 동안 가꾸어 온 알밤을 다 떨구고
늦가을 잔바람에 흔들리고 있다

<反詩・1982>

아들의 머리를 잘라주면서

어느새 자라난 아들의 머리를
뒷마당에 나와서 잘라주고 있다
헌 신문지로 목둘레를 여미고
눈을 덮는 긴 머리를 잘라주고 있다
무엇이든지 잘 잘리는
어머니 쓰시던 큼직한 가위
머리숱도 자라면 눈을 가리고
옆머리도 자라면 귀를 덮는데
내가 서투르게 가위질을 하면
아들은 심통으로 눈물 흘리고
나는 우스워 미소짓는다

<미발표>

泰陵 산비탈의
배밭들을 보면

그림자 위에 그림자가 깔리고
어두움 위에 어두움이 깔린다
말하지 않는 입에 말하지 않는 입이
낙엽 위에 낙엽이 깔린다
깔려서는 모든 것이 뒤덮여버리고
우리 시대 일순간의 단정이 그 위를 덮는다
그러나 문득 태능 산비탈
파랗게 돋아나는 배밭을 보라
짤렸던 가지 어느 틈에서
알맹이는 살아서 솟아오른다
오래오래 말라 있던 가지 틈에서
잊혀졌던 새싹이 솟아오른다
어두움 속에 어두움을 딛고
그림자 속에 그림자를 딛고
낙엽이 깔려 거름이 되듯
태능 산비탈의 배밭들을 보면
솟을 것은 언제나 솟아오르고

싹틀 것은 언제나 싹이 되는 것을
깔려 있던 모든 것 아주 깊숙이서
말하지 않던 입에 말이 터지듯
태능 산비탈에 잡풀들은 돋아나고
새싹은 가지에서 움터오른다

<미발표>

자작나무 숲머리에
이는 잔바람
바드소덴의 다락방에서

바람이여
오늘 나는 너에게로 갈 것이다.
내 공복 같은 아침 하늘에
바람에 휩쓸리며 날아가는 새떼

그때 나는 그 여자의 질문에 침묵했지만
나는 어디서부터 바람이여
네가 불어오는지 알고 있다네.

옛날
한 남자의 죽음에서도
나는 보았거늘
한 알의 극약 같은 빠른 새떼를

사람들이여
그대는 바람의 손짓을 알고 있는가
한때 그대가 남긴 몇 마디 말도

바람은 모두 다 긍정하는 것을

바람이여

오늘 나는 너에게로 갈 것이다.

<엘레강스 · 1981>

탈   상

슬픔을 벗으려
베옷을 벗는다

人畜이 잠들고
모닥불이 사윈다

못다 탄 뼈 추스려
깊이 묻을 때
새벽별 한점 홀로
눈물 머금고
비로소 人家도 형체가 드러난다

동네 아낙 눈물로 지은 베옷을
찬물에 머리 감고 함께 벗으며
눈물을 그치거라 !
목멘 형제들아

버들은 물이 올라

강가에 푸르르고

들판에는 기십도 자라오른다

풀피리 강둑에서 불어준다고

강물은 잔잔하게 흘러가랴만

가을걷이 기다리는

어린아이들이

혼곤히 한방에서 잠들고 있다

〈反詩・1982〉

여인숙에서

자귀나무도
밤이면 잎을 접는다.
먼지나 툭툭 털고 가거라
그러면 된다.
은하수 속에 저녁별이 묻히듯
낮과 밤이 뜨겁고 검다고 하지 마라
그러면 된다.
바람아
핏줄 하나 너는 흘려놓고
지남지북으로 흩어진다.
먼지나 툭툭 털고 가거라
새벽에 빛나는 한줄기 빛
자귀나무 잎 속에
밤이면 모두 접혀든다.

<새마을·1981>

그 바다

배도 한 척 떠 있지 못하는 바다
무서운 소문만 가라앉는 바다
아무도 낚싯대 드리우지 아니하고
느닷없이 파도 일어 폭풍 불어오고
칼상어 등지느러미
해면에 불쑥 솟구치는 바다
그 바다 깊이를 알 수 없는 바다
해안에 등대조차 꺼져버렸고
기슭에 어패류도 치지 않는 바다
그 바다 캄캄한 해안 절벽에
구부러져 옹이 맺힌 가지 거느리고
폭풍우 비바람에 견디고 섰는
바람막이 노송 하나 서 있는 바다

<미발표>

오소리 사냥

깊은 겨울 명지산
오소리 사냥을 아십니까?
바위틈 반지르르한 구멍 틈서리에
허옇게 성에 낀 돌멩이 파헤치면
너구리 오소리 어울려 함께 잠자는
겨울 오소리 잡는 법을 아십니까
지난 가을 산열매
두더지 뱀도 잡아먹고
토실토실 살이 찐 오소리 등가죽
도끼로 한번쯤 내려찍어도
퍽 하고 도끼날은 박히지 않지
오소리 등가죽 기름이 너무 두꺼워
오소리는 금방 죽지 않는데
깊은 겨울 명지산
오소리 사냥을 아십니까?
잠이 미처 깨기 전에 내려찍어야
동면에서 깨기 전에 내려찍어야

비로소 오소리는 잡힌다지만
섣불리 도끼질을 하게 된다면
오히려 오소리는 잠만 깬다네
깊은 겨울 명지산
오소리 사냥을 아십니까?
맞을수록 맞을수록 정신이 드는 것은
사람이나 오소리나 다름없지만
깊은 겨울 명지산 오소리처럼
느닷없이 내려찍는 도끼의 날을
등줄기에 한번쯤 맛본 사람들아

<미발표>

守備隊 국

오랫만에 고향에 내려가
민물새우 넣고 끓인 천렵국을 먹는다
이 국의 국물은 뻘건 국물
이 국의 이름은 우리 고향에서 수비대국이라고 부른다

기미년 만세 이후
왜놈 순사들이
떼지어 수비대라 이름 만들어
바지에 모자에
붉은 테 두르고
말 타고 칼 빼들고 온 동네를 짓밟을 때

우리 고향 어른들 강가에 몰려
울분으로 끓여 먹던 민물새우국
이 국물 빛깔이 왜놈 순사 옷 같다고.
어느새 이름이 된 민물새우국이다

우리 고향 신덕 지서 면 소재지
한성 가진 어른들이
만세 불렀다고
채찍으로 얻어맞고 발로 채일 때
그 시절 그 수난을 어찌 잊으랴

오랫만에 고향에 함께 내려가
약오른 붉은 고추 통째 갈아넣은 뜨거운 수비대국
놋주발로 넘치는 막걸리도 마셔보면
얼굴에 흐르는 뜨거운 땀방울
가슴에 저며오는 지난 날 기억

어느새 이 음식도 이름 바뀌어
수비대국 이름도 묻혀지지만
어찌 그 시절을 잊을 수 있으랴
어찌 그 고난을 기억하지 못하랴

<미발표>

맑은 心性 그리고 진실한 言語

金　昌　完

　아무리 고통스러웠던 날들도, 아무리 안타까왔던 일들도 일단 과거로 돌아가면 아름다와진다. 그래서 과거는 정신의 고향인지도 모른다. 마치 퇴색한 흑백 사진처럼 커피 냄새를 풍기며, 아니, 곰팡내를 풍기며 가슴 속에 음각되는 과거 일을 음미하는 시간은 그래서 아름답다고 느끼는지도 모른다.

　김명수도 내 과거 속의 앨범에 아름다운 추억으로 인화되어 있는 사람 중의 하나이다. 오래된 과거일수록 더 어렴풋한 감미로움이 짙은 법이지만, 김명수는 그리 오래지 않은 내 과거 속에 있으면서도 마치 오랜 어린 날의 눈물방울처럼 투명하게 아름다운 모습으로 남아 있다.

　왜 그럴까?

　우리들의 생애중에서도 아름다움의 꼭대기랄 수 있는 신춘문예 당선식장에서 나는 그를 보았기 때문인지도 모른다.

　나도 서른이 넘어서 신춘문예에 당선했었지만 김명수도 서른이 넘어서 당선한 사람이다. 나는 1973년에, 김명수는 1977년에 당선한 서울신문의 선후배이기도 하다. 그러니까 그해 겨울, 1977년 서울신문 신춘문예 시상식에 선배 자격으로 참석해서 나는 김명수를 보았다.

물론 실물보다는 그의 작품(당선작)을 먼저 보았기 때문에 작품에서 받은 인상이 선입관으로 작용했겠지만, 내가 본 실물 김명수는 그의 작품과 너무나도 닮아 있었다.

그의 당선작품은 신춘문예 시들이 일반적으로 갖고 있는 요설이 없었으며 현란한 이미지의 중첩이 없었다. 맑고 투명하고 깨끗하고 슬펐다. 그런데 김명수도 그랬다. 양복이 어깨로 흘러내릴 것만 같은 수척한 몸매에, 의자에 앉아 있기도 피로운 듯한 모습이었다. 그는 병색이 짙은 그리고 가난해 보이는 갈데없는 시인이었던 것이다.

이윽고 시상식이 진행되었다. 그에게 상장이 주어지기 전에 그의 친척들이 그를 부축하고는 밖으로 나가는 것이었다. 도저히 몸이 피로와 앉아 있을 수가 없어서 먼저 가야겠다는 것이었다.

김명수는 그렇게 해서 상장도 그의 친척이 대신 받았고, 그의 젊음을 송두리째 던져서 얻어냈을 당선의 영광을 상장도 받아보지 못한 채 식구들의 부축을 받으면서 집으로 돌아갔던 것인데, 그 일들이 너무 안타까와 내겐 무성영화의 한 장면처럼, 김명수를 생각할 때마다 되풀이되어 떠오른다.

그 후 김명수는 몸이 좋아졌는지 아니면 더욱 나빠져서 병상생활을 했는진 모르겠지만, 몸 건강한 다른 신춘문예 당선자들과는 달리 매우 왕성하게, 매우 감동적인 작품을 계속해서 발표하여 나의 관심을 더욱 크게 끌었다.

그 후 내가 다시 김명수를 만나게 된 건 『반시(反詩)』 동인인 이종욱(李宗郁)을 통해서였다. 인연이란 그런 것인지도 모른다. 이종욱과 김명수는 이종사촌간이었고, 그러니까 이종욱의 어머니와 김명수의 어머니는 친자매간이었고, 그런

인연 때문에 우리는 이종욱을 통해서 같이 동인활동을 하자고 제의하여 그 제의가 김명수에게 받아들여졌고, 그렇게 해서 나와 김명수는 재회할 수 있게 되었다. 나로서는 재회이겠지만, 아마 김명수는 여기에서 나를 처음 보았을 것이다. 나의 재회와 김명수의 초대면은, 그러나 오랜 지우(知友)를 다시 만난 듯한 따뜻함으로 이어졌다. 그도 그럴 것이 우리는 서로 서울신문 출신이었다는 점, 그래서 서로 발표되는 작품을 애정의 눈으로 보아왔다는 점이 우리 사이의 간격을 없앴을 것이다.

그때 김명수는 상당히 건강해져 있었다. 그러나 추운 날에는 활동하지 못해서 밖에 나오질 못했고, '열쇠'라는 출판사를 경영하였지만, 그의 여린 감성이 장사를 감당하지 못하여 중도에서 포기할 수밖에 없었다. 가정적으로 또는 경제적으로 꽤 어려운 상태에 있으면서도 김명수의 얼굴은 항상 맑고 밝았다. 얼굴에서 미소가 떠나지 않았다. 지금도 그러하다. 그는 따뜻하고 포근하다. 만나면 즐겁다. 그렇다고 해서 붕뜨는 기분으로 즐거운 것과는 거리가 멀다. 낙천적이지만 공허하진 않다. 가슴으로 스며드는 잔잔한 물결처럼 그는 누구에게나 따뜻하고 부드럽다.

그의 따뜻함, 부드러움의 심성(心性)은 마치 투명한 유리창과 같아서 그의 심성을 통하여 비쳐지는 대상이나 현실은 아주 또렷하고 분명하게 우리에게 보여진다. 그의 투명한 언어들, 가식이 없는 진실한 언어들을 통하여 우리는 현상의 아름다움과 그 아름다움과 병치되어 있는 부조리와 그 부조리와 음모를 꾸미고 있는 거짓언어들이 속속들이 알몸의 모습으로 놓여짐을 보게 된다. 그러고 보면 그의 맑고 투명한 심성과 언어는 실로 무서울이만큼 두려워지는 것이기도 하다.

우리나라 꽃들에겐
설운 이름 너무 많다
이를테면 코딱지꽃 앉은뱅이꽃 좁쌀밥꽃
건드리면 끊어질 듯
바람불면 쓰러질 듯
아, 그러나 그것들 일제히 피어나면
우리는 그날을
새봄이라 믿는다

우리나라 나무들껜
아픈 이름 너무 많다
이를테면 쥐똥나무 똘배나무 지렁쿠나무
모진 산비탈
바위틈에 뿌리내려
아, 그러나 그것들 새싹 돋아 잎 피우면
얼어붙은 강물 풀려
서러운 봄이 온다

　　　　　　　——「우리나라 꽃들에겐」 전문

　그의 시는 대부분 이렇게 슬프고 그의 첫인상처럼 꾸밈이
없다. 그의 언어가 우리에게 깨우쳐주는 것은, 자연현상을
투명한 유리창을 통해 있는 그대로 보여주듯 역사의 진실과
현상의 실제를 보다 명료하게 투영시켜 준다는 것이다.
　우리가 일상에서 만나는 각각의 앉은뱅이꽃, 좁쌀밥꽃, 코
딱지꽃 들은 그냥 꽃이름으로 우리 곁에 있었다. 그런데 그
런 이름들을 한군데 모았을 때, 아하 우리나라의 꽃이름은
설운 이름이 많구나 하고 느끼게 되고 그런 이름들이 모여
피어날 때 봄이 온다는 사실도 우리를 놀라게 한다.

'설운 이름의 꽃들이 피어날 때 봄이 온다'는 사실은 자연 현상만으로 남는 게 아니라 서럽게 살아온 이땅의 백성들과 그들의 삶과 그들의 미래에 대한 집착력을 함께 투시해 보는 '안경'이 된다. 김명수의 매력, 김명수의 시적 능력을 평가 하는 요체는 바로 거기에 있는 것이 아닐까?

　　누가 저
　　늑대를 보고 개라 이르느냐
　　누가 저 늑대를 보고
　　우리집 누렁이라 말을 하더냐
　　꼬리가 길고
　　털이 누렇고
　　두 귀가 쫑긋하고 겉모습이 같다 하여
　　늑대는 우리집 누렁이가 아니다
　　한밤중 캄캄한
　　우리 마을에
　　붉은 달 피칠하고 뛰어들어와
　　누렁이 목줄기를 송곳니로 물어뜯던
　　저 네 다리 비슷한
　　늑대를 보고
　　누가 저 늑대를 개라 이르느냐
　　누가 저 늑대를 보고
　　우리집을 지키는 누렁이라 속느냐
　　　　　　　　　──「늑대와 개」전문

　　후진국 정치적 현실을 배면에 깔고 있는 위의 시를 읽어보 면 김명수의 감수성은 여린 듯 매섭다. 그의 언어는 평범한 듯 당돌하고, 그의 비유는 없는 듯 정확하고, 그의 발언은

침착한 듯 강골이다. 그가 쓰러질 듯 아픈 몸으로 시상식장에 서있었듯, 그러면서 많은 작품을 끊임없이 발표하면서 자신의 문학의 탑을 쌓아올리는 데 게을리하지 않았듯, 그는 사실 두려울 만큼 무서운 시인이요, 타고난 시인이란 예감을 떨쳐버릴 수 없다.

그가 우리처럼 건강한 몸을 가졌더라면 그도 우리처럼 밥 벌어먹는 일에 시간과 정신을 소모했을는지 모른다. 좀 잔인한 이야기일지 모르지만, 영하로 떨어지는 기온을 견디지 못하고, 사정없이 달리는 차를 타지 못하고, 정해진 출근시간을 대지 못할 만큼 '연약한 몸'을 극복하기 위하여 시와 밀착해서 살 수 있는 '은혜'를 그는 입고 있는지도 모른다.

"형, 무슨 그런 섭섭한 말씀을 다 하십니까?"

김명수가 내 어깨를 툭 치며 던지는 말이 들릴 것만 같다.

後　記

　창작과비평사의 은혜로 두번째 시집을 묶는다.

　굽어보니 미진하고 부끄러운 작품뿐이다. 너그러운 마음으로 읽어주시기 바란다.

　여기에 수록한 시들은 대개 1981년에서 1983년 봄까지 씌어진 작품들이다.

　어두운 시절, 새삼 내 시는 누구를 위해 씌어져야 하고 무엇을 노래해야 하는가?

　후기를 쓰면서 문득 이 같은 의문을 다시 해보는 것은 아직도 우리를 둘러싼 현실이 너무 어둡고 나와 내 이웃들의 삶이 보다 나은 내일로 이어져야 한다는 믿음 때문일 것이다.

1983년　5월

金　明　秀

창비시선 39

하급반 교과서

초판 1쇄 발행/1983년 5월 25일
초판 6쇄 발행/2015년 4월 9일

지은이/김명수
펴낸이/강일우
펴낸곳/(주)창비
등록/1986년 8월 5일 제85호
주소/413-120 경기도 파주시 회동길 184
전화/031-955-3333
팩시밀리/영업 031-955-3399 · 편집 031-955-3400
홈페이지/www.changbi.com
전자우편/lit@changbi.com

ⓒ 김명수 1983
ISBN 978-89-364-2039-0 03810